정의웅 제3시집

모닥불

국립중앙도서관 출판시도서목록(CIP)

모닥불 : 정의웅 제3시집 / 지은이 : 정의웅. -- 서울 : 한누리미디어, 2017
p. ; cm

ISBN 978-89-7969-738-4 03810 : ₩10000

한국 현대시 [韓國現代詩]

811.7-KDC6
895.715-DDC23 CIP2017002784

정의웅 제3시집

모닥불

한누리미디어

시인의 마음

마음의 그림을 한 잎 두 잎 떨어지는
가랑잎이 나부끼는 먼 먼 추억 속에
흐르는 계절 따라 마음과 영혼을 고이고이 담아
독자들의 가슴에 머물 수 있는
조그마한 마음을 전해 드리려고
영혼과 마음의 그림을 그렸습니다.
지나간 계절 속에 처녀작 《꿈으로 온 한 세상》과
제2시집 《사랑의 계절》을 뒤로 하고
다가오는 밝은 날에
제3시집 《모닥불》을 드리게 되었습니다.
독자들의 마음에 담아 드릴 수 있는 시간을
아름답게 간직하고 소중한 인연들께
다시 한 번 감사드리며
사랑하는 나의 혈육과
멀고 먼 조상 부모님의 영전에
이 글을 올려드립니다.
감사합니다.

차례 Contents

제 1 부 천부경

제 2 부 억새꽃에게

차례 Contents

제 3 부 새로 뜨는 별

제 4 부 꽃피는 겨울

차례 Contents

제5부 다시 빛을 보다

제 1 부

천부경

윷놀이

잊혀진 구름 속으로 다가오는 미래에
북극성의 홀로 외로운 별 그 빛을 우린 담는다
저마다의 가슴 폭에

그리하여 모두가 하나로 이어지는
빛과 어두움을 다 함께 담아 영원을 기약하는
모두가 커다란 하나가 되는 마음과 마음
그 뜻 전하는 내일에의 광명 줄기 느끼면서

북두칠성 거룩한 우주 원리 조심껏 새기면서
가만 가만 한 걸음 한 걸음씩 나아가세
밝은 날로 다가가라고 작은 우주 속 삼신께서
성령을 성현님은 윷놀이로 가르치고
거기 펼쳐지는 북극성 광명 세상 내려주시는구나

천부경(天符經)

가야산 신선의 부름으로
하늘 멀리 바라보며 드높이 정갈한 심신으로
우리는 곱디고운 두 손 모아 한 치도 부끄러움 없이
생동감 넘치는 영혼의 부름으로 아득히
눈부신 빛결로 이어져 가고 있다네

구겨진 땅을 밟고 길을 헤쳐 열어가며
저어 보이지 아니하는 멀고 먼 나날을
우린 스스로 깨우치며 가슴에 고이고이 담아
하나로부터 열까지, 열로부터 하나에로 잇대어 본다네

그렇다네 온 세상 모든 건 커다란 하나로 되는
밝고 맑게 보이는 끝없는 저 하늘과 땅 사이
지혜로움을 가르치는 성현의 높은 뜻 따라
모두가 바르고 맑고 곱게 영원(永遠)을 살아가네

넓고 넓은 세상의 큰 보자기 스스로 이룹게
더 많은 것을 남에게 베풀며 멀리 머얼리 익히며
더 크게 살아가라고 가슴 속 깊이 영(靈)을 심어주셨네

*고운 최치원 선생의 유지 받들며

단군의 발자취

– '개천절' 국경일에 붙여

100년 전까지도 연해주에서
남과 북이 하나였음을 기억하고
푸른 바다 동해 바로 건너편에
한반도가 뻗쳐내려 있어
연해주와 고려인들 겪은 고난의 흔적
땡볕 아래 서기 어린 구름 깔리고
환웅(桓雄)이 강림하신 터전
겨레의 거룩한 신시(神市) 되었네

민족사의 기억조차 희미한
보이지도 느끼지도 못한
먼 창공에서 내려온 환인(桓因)의 아드님
먼 먼 겨레 역사의 눈부신 이야기
우리 조상 단군의 뚜렷한 발자취

아무리 느끼려고 하여도
보이질 않고 찾을 수도 없는가
아니다 아니야 뚜렷한 민족사
만방에 널리 전해 주신
단군왕검 할아버지 이 나라 세우신
청사의 고결한 숨결 머릿속에 와 닿는

하나의 큰 물결로 인류의 큰 뿌리
한민족의 단군개국
역사의 날 경축하세

첨성대(瞻星臺) 앞에 서서

해와 달과 별을 헤아리는
하늘의 구름을 넘어
은하수 자욱한 곳에
유유히 흐르던 슬기로움
끝없이 밝고 맑은 흐름 속으로
잇대어 우리는 지나가고 있다네

저 우뚝한 신라인들의 기상
그 푸르디푸른 채 반짝이는
머언 더 머언 저 하늘 끝 구름도 넘어
별빛 속에 가냘프게 들려오는
그것은 영롱한 영혼의 소리로
높고도 높은 우리의 얼을
가슴 가슴마다 그득히 담아서
수수만년 이어갈 빛 부신 큰 별을 담아
마침내 기라성으로 우린 성을 쌓았다네

만인의 얼로 반짝이는 별들 다시금 담아
천년만년을 두고 억겁 멀리 흐르는 첨성의
겨레의 지혜 넘쳐나는 별을 가득 담았네

다보탑

모든 설법
만인이 우러러
외우는
도를 닦는
깊은 산속에서
멀고 먼 진리를
설파할 때

다보여래의
진신사리(眞身舍利)를 모셔둔
탑이 초원의
지심에서 솟아오르고

그 탑 속에
소리를 내어
성좌의 넋을
찬탄하고 남겨둔 것이
다보탑이라 수수만년
내려오고 있네

*법화경(法華經)에 등장하는 다보탑은 부처가 영취산(靈鷲山)에서 경을 설파할 때 중국에서는 732년에 무현의 동남쪽에 처음 세웠으며, 우리나라에서는 신라 경덕왕 때 김대성이 불국사에 세워 믿음의 종교로서 불교문화를 꽃피운 그림자가 새겨져 후세에 빛나고 있다.

석가탑

통일신라 경덕왕 10년(751)으로 추정
그림자가 없는 돌로 이루어진
미로의 탑이었네

주위에는 연꽃무늬를
조작한 팔방금강좌(八方金剛座)가
자리 잡고 있네

모든 건 두루 신라의 얼을 담은
불멸의 한 가닥으로
우리의 영혼(靈魂) 속에
오늘도 태양처럼
석가탑은 자리 잡고 있네

화랑의 넋

멀리서 불어오는 바람결에
말발굽소리가 저벅저벅 세차게
밀물 되어 거세게 달려오네
저 맑은 하늘 움켜잡아 뒤흔드는
높고 높은 기상의 충혼

그대 눈앞에 늠름하게
멈추어선 그 누구도
가로막을 수 없는
깊은 곳에서 솟아오르는
번뜩이는 고귀한 넋을

오로지 내 나라 지키려는
굳건한 불굴의 화랑의 기백이 펼쳐진
단군의 푸르디푸른 하늘 아래
영원토록 길이길이 빛나고 있다네

모닥불

어쩌다
걸어간 논둑길
넘어질세라
고이고이 걸었네

가을은 지나
벼 벤 자리
이삭이 솟구치는
소슬바람 불어오는
늦은 가을

추위를 내려놓고
마주 보면서
모닥불 피워놓고
서로들 불을 쬐이고
앉아있네

꿈속에 할 말도 없고
나도 말없이
조용히 옆에 앉아
모닥불을 쬐이네

이대로라면
시간이 아깝지 아니하네

아사녀가 아사달을 그리워하며

동녘에 찬란히 빛나는
조용하고 아름다운 경사로운 고을에
신라 경덕왕(재위 742~765년) 때
신라 재상 김대성이
천하(天下)의 묘공(妙工)을 불러 모아
토함산 아래 불국사에
대가람을 개축할 당시를
배경으로 한 전설이네

당나라에서 초빙된 석공
아사달이 불국사 석탑을 쌓고 있었네

먼저 다보탑을 완성한 후
주야로 석가탑을 쌓는 데
여념이 없었네

아사달이 집을 떠난 지
수년이 지나도록 소식이 없자
아내인 아사녀가 남편을 찾아
서라벌로 왔다네

그러나 여자는 부정하다 하여

아사달과 만나는 것이
허락되지 않았네

아사녀는 할 수 없이 연못가에 와서
아침 저녁으로 연못을 바라보며
남편 아사달을 기다렸다네

남편을 가까이 두고도
만나지 못하는 아사녀는
애절한 아쉬움 속에
연못 속에 아사달 탑의 환상을 바라보고
연못에 뛰어들고 말았다네

이러한 연유로 석가탑을
무영탑이라 부르고
다보탑은 유영탑이라고 불렀다네

그리고 아사녀가 빠져 죽은 연못을
영지(影池)라 하고 금생에도
이 연못은 비바람에 출렁이고
아사달 아사녀 사랑의 전설로
길이 남아있네

신(神)은 알고 있네

너무도 고요하구나 오늘
황량한 들판 홀로 걸어가도
누구도 느끼지 못하는 모든 것
신(神)은 벌써 알고 있다네

행여나 넘어질세라
마음도 영혼도 꿈도 사랑도
비치는 그림자 속에
깊이 스며있는지
신(神)은 알고 있네

꿈속에서
나는 알고
보이지 않는 신(神)이
그대 영혼 속에
실바람처럼 가냘프게나마
스며온다고
한없는 고마움을
마음 속 깊이 알고 있네

천하를 누비며

타인의 어려운 모든 걸
배려하는
가냘픈 마음으로
살아가고 신(神)은 알고 있네

귀거래사(歸去來辭)

화상(畵像) 속에서
두 늙은이는
강물이 쉼 없이 흐르는
강둑 옆에 자리를 틀고 앉아
세월을 낚는 낚싯줄을
멀리 드리우고
서로가 이야기를 나눈다
오늘은 어둠이 드리우기 전에
저녁노을을 바라보며
일어나기로 했다
고기 잡는 망태 안에는
무언가 가득하다
물내음 그득한 세월의 향취 속에
알 수 없는 일이지마는
둘이서 다 거두고
천천히 일어나
오두막집으로
뚜벅뚜벅 발걸음을 옮기면서
무거운 세월이 망태 안에 길흉화복(吉凶禍福) 들었어
나를 보고 '어, 젊은이 나와 같이 가자꾸나'
하면서 말을 건넨다

달은 중천에 떠서 밝은데
세월은 나를 여기까지 오게 했네
자네도 같이 먼 길을 가자꾸나
슬그머니
화상 속에서
두 늙은이는
뚜벅뚜벅 걸어 나오면서
세월을 동행하세
하면서
슬그머니 화상 속으로
사라져 버렸다

길을 가르는 셀파(sherpa)

먼 길을
험하고 험준한
위험을 뒤로 하고
막막한 먼 길
스스로를 믿고
다가오는 빛을
바라보고 오르네

순간도 머물 수 없는
생존(生存)의 길은
우릴 오라 손짓하고
스스로 가지 않으면
안 되는 깊은 계곡을
스쳐 지나가네

하루의 짧은
기억을 되새겨보면
순간도 먼 것 같지만
지나고 나면
모두가 짧은
빈 수레 같은

길을 따라 오르고
이젠 내려가네

멀고먼 인생(人生)의 안내자여

*셀파(sherpa)는 히말라야 등정 안내인을 뜻하는 단어

방아쇠(Triggers)

떠난다는 건
가다가
머물 수도 있고
쉴 수도 있네

하지만
순간 출발을 시도한
원인이 있으면
갈 수 없어도 가야 하는
운명적 울타리 속으로
우린 가야 하네

하지만
옳고 바르고 정확하고
미래의 아름다운
현실을 바라보고
더 나은 내일을 위해서
우린 떠나야 하네

미래의 아름다운
밝고 거룩한

한 순간을 위해서
망설임도 없이
당기는 방아쇠와 같이
분명 떠나야 하네

고삐

삶은 스스로 모든 걸 움켜잡고
본능적으로 끝없는 미래를
미지의 세계로 한 발짝 두 발짝
바람이 이는 몽골지역에
마상(馬上)에서 진지한 마음으로
쉼 없이 움직이는 시야(視野)를
예의 주시하고 한 치의
오차도 없이 나아가야 하네
고삐를 잠시 잊어버린 찰나에
수천 길 낭떠러지로
굴러 떨어져 멈추어 버리고
스스로 조용히 모든 걸
준비된 영혼(靈魂)의 마음으로
고삐를 놓게 되면
아름다운 순간의 미래를 감지하게 되네

더 가까이 마음이

저 머얼리
불어오는 실바람
지나가는
숱한 인연들이
다소곳이
마주보는
흔한 만남이라지만

조용한 시간이
흐르면 흐를수록
우린 더욱더
마음과 영혼이
그대 가슴에 와 닿는
조그마한
가녀린 마음이
그대로 머무는 찰나
더 가까이 그대 가슴에
머물러 버렸네

제2부

억새꽃에게

오솔길에서

실바람이 흐느끼는
오솔길을 따라
온 가족이 모여
가까운 친척이
한 마루에 앉아
풋콩을 송편에 빚어 넣는

미소(微笑)지으며
푸르디푸른 하늘은
흰 구름 두둥실 떠다니는

보름달은 휘영청
환하디환한
마음을 비춰만 주네

달빛 속에 계수나무 밑
옥토끼와 방아를 찧고

우린 즐거운 행복한 마음으로
멀고 먼 달빛 속에
앞날을 빌고

다정한 이야기로
추억이 서린 오솔길이었네

억새꽃에게

산 언덕 멀리 멀리
날리는 가냘픈 꽃
비바람 눈 속에
잔잔한 바람에도
억세게 살아가라고
이리도 차디찬 능선에
가는 겨울 된서리에
지치지 아니한
미세한 바람에도
이리저리 흔들리는
마음은 하얀 백설로
솜처럼 멀리서
흔들리는 세월만
기다리는 억새풀 꽃이었네

대부(the god father)

먼 날
하늘이 내리신
신의 음성으로
깊고 얕은
모든 걸 두루 살피시고
하루의 조그마한
어려운 곳까지
모든 걸 깊은 영상으로
피력하시네

더 멀리서
들려오는
가냘픈 음성으로
우릴 고요히 잠재우는
아늑하고 따뜻한 믿음으로
님의 음성을 기억하리라

오늘 이 순간도
영원한 신의 뜻대로
받들어 길이 기억하리라

신이 내리신 지상의 님이시여

Silo Effect

(자기 자신이 친 울타리 속에 갇히다)

살아간다는 건
그 누가 보아도
다 옳다고 느끼는
건전한 미래에
아무도 찾지 않는
하나 하나 엮어 나가는
실타래처럼
순간을 영원으로
우린 살아가리라

그대 꿈속에
아름다운 환상이
스쳐 지나가도
스스로 느끼지 못하지만
옳다고 이루어진
맑은 미래는
그대를 아름답게
꿈같은 환상이
반드시 이루어지고
인류가 친 자기 울타리 속으로
영원히 영원히 남아
갇혀 있으리라

색채가

출렁이는 바닷가
주위는 모래자갈
바다는 출렁이며
때론 어둡고
때론 흐리지만
하늘은 에메랄드 빛처럼
푸르러야 하네

투명함이
반드시 빛도
색깔도 무색으로
밝고 맑게만
남아있어야 하네

목표도
미래도
분명하리 만큼
색깔 있는
마지막 순간이
바라는
색채가 반드시 있어야 하네

수선화

황야를
달려도 달려도
지칠 줄 모르고

보이질 않는
순간 순간을
달렸네

모든 걸 보는 건
아름다운 숲
아름다운 현실을
느끼지도 못하고

자기의 얼굴도
마음도 느끼지
못하는 순간

초원의 연못에
자기의 그림자가
비칠 때
고요히 내려다보니

한없이
아름답다고
느끼는 순간

스스로
자기의 모습에
도취되어
빠져 버렸네

연못가에
목동의 영혼이
수선화로 피어서

영원히 영원히
오가는 이들을
바라보고 있네

*나르시시즘(Narcissism)에 젖은 목동의 전설적인 이야기

거리의 악사들

오가는 길거리
서로서로 마주보고
영혼을 그리는 모습들
너무 진지한 표정들이네

앉은자리엔
듣는 이 적어도
몇몇이 허구 많은 공간 속에
고요히 뜻 깊은 리듬을
악사들은 최선을 다해
다스려 온 리듬으로
더 깊이 더 멀리
들려주려고
마지막 순간을
더듬는 모습들

스스로 가슴 아픈 마음을
가까스로 더듬고
밤하늘에 별들만 반짝이는
그대들 마음에
아무도 모르는 쓸쓸함이

허전한 영혼을 쓰다듬는
아름다운 거리의 악사들이네

아름다운 미래

먼 푸른 공간
반짝이는 별처럼
하나 둘 어둠을 뚫고
나타나는

조금씩 다소곳이
다가오는 가까운 날들
보이지도 나타나지도
않았지만

영혼과 마음을
그대 보이지 않는
꿈속에
서로가 나누고

바라보는 햇빛들이
어렴풋한 그림자로
한 울타리 속
둘이의 그림자가
그려지면

먼 날을 서로서로
나누어 담는
정다운 미래로
걸어가게 되었네

빛도 꽃도 사랑도 영혼도
다 같이 바라보며
아름다운 동행으로
우린 이상향을 찾아
그리게 되었네

떠나가는 나그네

언젠가 만나서
먼 날을 나누고
즐거운 마음으로
다가오는 앞날을
모르는 듯
꿈처럼
지나와 버렸네

어느덧 먼 위치에
서로가
아무도 모르게
이르렀네

모든 걸 이루고
옛날과 같질 않고
우린 고요한 마음으로
지난날을 더듬을 뿐
마음의 즐거움과 슬픔을 뒤로하고

이제 조용히
서로가 일어나
떠나가는 나그네일 뿐이네

기다리는 마음

불러도 불러도
대답 없는
까마득한 곳에
계시온지
보고파 보고파도
찾을 길이 없네

멀고먼 곳에
그리운 님은
기다려도 기다려도
보이질 않네

님은 간 곳 없고
보일 듯 말 듯
긴긴 세월만 남아있네

찾을래야 찾을 길 없는
기다리는 마음은
까마득한
안개 속에 자욱하게
머물러만 있네

망각의 뒤안길

쉼 없이
조용히
앞날을
바라보고
지난날을
그리워하지만
언젠가는
고요한 마음으로
다독여보면
다가오는 날을
헤아리듯
하나하나
새겨가면서
찾을 길 없는
지나간 날을
상상하지만
잠시 뒤돌아보면
잊혀진 날들이
망각의 뒤안길에
서성이고 있네

아름다운 꽃은

오래오래 머물고 싶고
화사한 꽃으로
살아가고 싶지만
꽃은 피고 또 지고
모든 건 주어진 시간 속에
아름답고 먼 미래를
되풀이 되는 순간을
그대는 갖고 싶은가

그대 꿈속에
스스로 영원히
아름답게 피어 있는
벌과 나비와
꽃을 아끼고 사랑하는
님을 위해 피었다가 지고
다시 피어 있는
꽃이고 싶을 뿐이네

정다운 나들이

조용한 주위는
수선스러운
가냘픈 마음으로
조심조심
하늘을 바라보고
구름 타고 처음 나선
먼 길

세상은 넓고
할 일은 많고
수런스러운 이야기를
들어보고
어디로 갈까
망설이고 주저하며

어쩔 수 없는
꿈과 희망을
가슴에 담고
보이지도 않는
깊은 사랑으로
정다운
나들이였네

덫에 걸린

허구 많은
높고 높은 언덕
쉼 없이
다가가도
끝이 없는

이 모든 건
하루도 빠짐 없이
스스로 주어진 일에

삶이란 값지고
아름다운
안개 속 덫에
걸린 일들이네

님의 마음 그리며

마음에
멀고 먼
깊은
보이질 않는
앞날을

멀리서
내려다보시는
초조하신 마음으로

하루도 쉼 없이
바라보시며

모든 게
남모르는
깊은 사랑으로

천릿길도
한 걸음에서
다가가지만

깊은 영혼의
사랑으로
점철해 가시는
님의 마음 그리며

제3부

새로 뜨는 별

메아리

마주보고 앉아서
다정한 이야기를 나누고
잠시 자리를 비운 뒤
지나가는 뭇 사람들을
바라보고
다시 그 자리로 와
모두가 서로서로
또 다른 생각들을
나누고 있지만

그리운 님은 간 곳 없고
불러도 대답 없는
멀고먼 산울림만
자욱하게
이 산에서 저 산으로
보이질 않는
메아리만 까마득하게
울려 퍼지고
있을 뿐이네

새로 뜨는 별

어둡고 캄캄한 곳에
보이지도 그리지도
못하는 꿈이 있어
더 높은 이상으로 새겨지네

저 푸른 공간에
그림자 없이 나타나
고요히 먼 하늘을
반짝이게 해 주네

보이지도 않는
고요한 곳에
조용히 내려앉은
마음이 먼 허공에
반짝이는 빛이
새로 뜨는 별이었네

이런 일이 있기를

밝은 빛이 스미는 것처럼
머리에는 항상
우둔함과 어리석음이 사라지고
만인을 우러러볼 수 있는
지혜로움이 가득하기를

얼굴에는
티 하나 없는
맑은 근심 걱정 불안 초조
모두가 사라져
만인이 우러러보는
즐거운 미소로

그대 가슴에는
보이지 않는 마음 속에
아름다운 자비(慈悲)가 가득한
마르지 않는 샘처럼
노여움이 사라지고
따사로운 사랑이 가득하기를

그대의 두 손에는

언제나 할 일이
게으르고 우둔함이
어두움처럼 사라져가는
부지런함이 가득하기를

이런 일이 있기를
우린 바라고
느끼고 있네

넓고 넓은 하늘 속

하루도 스스럼없이
고요히 뜻하지 아니하게
지나가 버렸네

다가오는 미래를
간추려 보듯 주어진 현실에
열심히 다독여 보면

다가오네
순간의 열정으로
언젠가는 스스럼없이
나타나지도 그리지도 못하는

찬란히 빛나는 태양도
밤하늘을 비춰주는
아름다운 달도
구름 속을 스쳐 지나가는
수많은 별들도

언젠가는 우리의 시야(視野)에서
영영 사라져가네

해바라기

자욱한 허공
빛을 따라 해를 바라보는
아늑하고 따뜻한
멀고 먼 푸른 공간
반짝이는 노오란 빛들은
바람에 일렁이며 바라보네

님이 있는 곳에
그대와 함께
멀리서 구름 타고
지척을 내려다보네

깊고 깊은 먼 곳
신(神)의 여정(旅情)에 님과 함께
아폴로 일렁이는 황금물결
태양신을 영원히 바라보네

빛과 영혼은 서로 마주하네

순간에서 영원으로 지구의 환상이여

삭망(朔望)은 달이 없는 그믐날과
커다란 둥근달이 뜬
모든 건 달의 인력이 음력 12일이네

삭망 때는 달과 태양 지구가
일직선상에 놓이고

태양과 달의 중력이
지구의 한 방향으로 미쳐
해수면과 단층을
잡아당기는 힘이 커지네

리히터 규모 5.8 강진이
둥근달이 뜬 만월에 이르렀네

순간에서 영원으로
영혼도 현실도
우릴 흔들고
당기고 그리고

우리의 땅 주변에

걷잡을 수 없는
순간에서 영원으로
우리 다시 뒤돌아볼 것이네

지구의 환상이여

삶은 눈부신 환상 속에서

건넌다
누구든
건너야 하네

넓고도 좁은
가느다란 다리를
누구든 건너네

나도 너도
또 다른 미래도
틀림없이 건너야
더 넓은 또는 좁은
삶을 거느리고 건너네

모두
행운의 다리가
때론
행운이 아닐 수도 있다네

그대와 함께
살아가는 기필코

건너야 하는 다리

행운도 불행도
다 함께 꿈속같이
끝날 때까지 건너야 하네

한 무리에서 탈퇴로(brexit)

서로서로 모든 걸
말도 행동도 물질도
마음도 주고 받아야
미래가 밝아지네

외롭게 홀로 서성이며
이루는 것도 갖는 것도
모든 건 이루는 미래는
흐려질 뿐 상상의 나래로
새로운 미래가 약해지네

떨어져 있기보단
한 영역 속에서
나누고 상상하고
더 넓은 미래를
나누고 바라보는 것

인류의 크나큰
발전과 희망을
그대 가슴에 안겨주네
세상은 하나이기 때문에

* 영국의 유럽연합(EU) 탈퇴를 기억하면서

어미 잃은 망아지

넓고 넓은 세상
연약한 바람이
그대 숲속에 스며 있고

어미 따라
험하고 어려운 풀숲에
이리 뛰고 저리 뛰지만

황량한 들판에
어쩌다
물이 있는 호숫가

어미는 생존을 위해
유유히 물속을 뒹굴지만
어미를 따르지 못하면
스스로 사라져갈 뿐

뒤돌아보질 않는
자연의 모성은
홀로 살아간다네

*적자생존(適者生存)
생자필멸(生者必滅)이라네

신이여 옛날에는

유유히 흐르는 강물도
외로이 떨어져
흘러 흘러 가면

한 곳에서 스스로
뭍에 갇혀서
따뜻한 하늘의 빛으로
증발해 버리네

생김새도 같고
행동도 같은
모든 마음의 영역을 넓히고
바라는 희망도
우린 하나의 꿈으로
이 순간에 머물고 있네

같은 마음으로
이 지상에 존재하면
더 깊이 더 가까이
하나 되는 미래가
아름다울 뿐이네

신이여
옛날에는
하나 되는
한 민족이었네

자기 자신을 돌아보라

스스로 대망을 가지고
먼 곳을 상상하며
하루하루를 꿈속에서
사랑도 희망도
함께 할 수 있는 마음도
모두가 같지는 않네

함께 할 수 없더라도
목표를 세우는 먼 날은
서로가 같을 수도 있으니
함께 하더라도
마음의 상처는 그리지 말고

서로가 뜻을 바르게 가늠하고
자기 자신에 깊은 사랑을 가지고
자기를 지키는 지혜와
남을 위하는 마음이 아름답네

슬픔이 구름 지나가듯
말끔히 개이는
맑은 하늘을 우러러

스스로 자기 자신을
진정 사랑하였다고
느끼는 먼 날이 아름답네

모래시계

순간은 영원으로
점점이 흐르고
밝고 맑은
태양이 온천지를
비춰주고 있네

듣지도 볼 수도 없는
지나간 날들을
뒤적이면서
무성한 말들을
그 언저리에
스스로 영혼이
무너져 내리고 있네

답답한 마음으로
멀고 먼
가버린 영혼을 불러
물어보려고 하는
신(神)은 알고 있을 것이네

사라져가는

나타나지 않는
허물어져 가는
모래시계로만
남아있을 뿐이네

하늘나라 가는 길

멀고 먼 이국땅
사랑의 마지막 선물
지층은 뒤흔들리고
하늘은 자욱한 안개로
갈라지는 틈바구니에
줄리아 자매는 내려와 있네

꿈과 희망과 사랑을 안고
하늘이 맞닿은
삶과 죽음의 갈림길에서
언니 줄리아는 동생 조르자를
가슴 안에 꼭 껴안고 있었네

이젠 무너져 내린
틈새 사이
사랑하는 동생의 영혼과
영원한 이별이 다가왔네
하늘나라 아름다워라

*리히터 규모 6.2의 지진으로 폐허가 된 이탈리아 페스카라델트론토의 한 마을에서 동생 조르자를 4번째 생일날 잔해 더미로부터 보호하고 언니 줄리아(9세) 자신은 죽음을 맞이한, 줄리아 리날도 양의 슬프고 아름다운 사랑이야기

자욱이 남아있는 꿈속 같아

고요하고 한적한 들녘
아무도 찾지 않을 것 같은 그리움이
마음과 영혼 속에
가이 없이 따라만 오네

먼 하늘엔
찬란한 햇살이
넉넉한 마음 속을 스며
하루도 멀잖은 행복의 날로
가슴 여미고 있네

헤아릴 수 없는 날들로
우린 하나같이
그대와 나 다함께
서로서로 아쉬운 순간을
자욱이 남아있는
꿈속처럼 살포시 살아가고 있네

모자람이 없는 마음은

모든 건
어렵고 한없이
부족하다네

무엇으로 인류를 위해
흡족함을 베풀 수 있을까
항상 가진 게
모든 건 모자라지만
물질은 스스로의
빛나는 눈을 만족시키네

보이지 않는
영원한 앞날을 가늠하고
한없는 눈물로
하늘을 우러러
마음을 모아 보이지 아니한
귀하고 아름다운 영혼을
바라고 바라보며
믿고 믿음으로써
모두가 하나같이
모자람이 없는
가이 없는 마음을 만족시키네

구월이 오면

바라고 바라던
그대 창가에
귀 기울이면
사랑의 노래가
나의 귓속에 들려오네

구월이 오면
온몸이 달아오르는
멀고 먼 마음의 그림자가
희미한 등불처럼
사라져가네

구월이 오면
아름다운 추억을
그려주는 다정한
그대 가슴에 와닿는
님과의 끝없는 영혼을
맞이하게 되네

제4부

꽃피는 겨울

상어지느러미의 추억(샥스핀)

멀리 더 머얼리
깊고 깊은 검푸른
일렁이는 물결 속에
거기 쉬어 있는
가냘픈 영혼을 찾아

오늘 지중해
깊은 물결 속에
지난날을 모르는 듯
계절은 하염없이 지나가고

한결 가벼운
마음의 부담을 덜고
이제 인간사
가냘픈 추억을 더듬는
그대는 물결 속
영생을 꿈꾸네

그리움

해는 서산에 머물고
이제 한낮은
노을이 지는 언덕이네

어둠이 내린
먼 허공엔 보이질 않는 그리움이
수많은 별빛처럼 반짝이네

바쁜 걸음으로
먼 추억 속에 머물고
산모퉁이엔
부엉 부엉 부엉새
슬피 울어 여위고

까마득하게
사라진 날들이
아직도 자욱한 안개 속에
꿈엔들 잊으리오
그리움만 가슴 깊이 스며 있네

꽃피는 겨울

흘러가는 시간 속에
스스로 느끼지 못하는
희미한 불빛 속에
피어나는 가로등

밝지도 꺼지지도 않는
스스로 무력한
꿈속에 갓 깨어난
부시시 뜨는 꽃망울 속

깨트려진 화병 속에
그대 느끼지 못한 곳에
차디찬
싸늘한
지나가는 불꽃

이제
피어나리라
장엄한 부름으로
다 같이 느끼는

한겨울의 아름다운 꽃이
피어나는 겨울이었네
남녘 땅 제주도에 핀
동백꽃을 그리며

아쉬움

마주보는 얼굴
환한 미소(微笑)로
오랜 날들을
희미한 영상으로
상상을 하며

주고받는 수많은
마음을 나누고
긴 날을 떠올리지만

흐르는 물처럼
순간은 어느덧
헤어지지 않으면 안 되는
시간이 와 버렸네

잘 계시라는 마음도
서로 나누고
떠나오면서 뒤돌아보고

걷다가 다시 뒤돌아
손을 흔들고

오래오래 잘 계시라는
눈시울에 눈물이

잠시 사라져가는
아쉬움이었네

잃어버린 젊음

항상 눈뜨면
활활 타오르듯
마음의 열정을 지니고
모든 걸 그리고 있네

지나고 지나가도
시작은 항상
아름다운 꿈으로
느껴지지만
무언가는 불안한
미래를 감당하게 되네

힘차게 깊은 상상력과
하나하나
넘어가지만
남모르는 마음의
공허만이 남아있네

꿈과 희망으로
한 순간을 살아가지만
지나고 나면

모든 건
잃어버린 젊음이
스스럼없이
떠나버렸네

보이지 아니하는 사랑

멀어도
더더욱 가까워도
아무런 흔적 없는
서로가 서로를 믿는
아름다운 사랑은

순간을 살아가면서
보이지 아니하는
크고도 조그마한
잃어버린 그림자 속에
우린 서로서로 믿고
살아가고 있네

마음도 그림자도
더 깊은 사랑도
서로가 느끼면서
하루를 살아가네

나타낼 수도
그릴 수도 없는
보일 듯 말 듯

보이지 않는 사랑은

그대들의 깊은 진리처럼
보이지 아니하는 사랑으로
서로를 믿고 믿어
살아가고 있네

울어버린 미소

마음을 가다듬고
가장 숨 막히는
순간을 바라보네

숱한 마음의 갈등을
오직 하나의 초점에서
삶을 마감하듯
눈을 감고 먼 신(神)께
기도하는 마음으로
조용히 다가가고 있네

이젠 끝이 오고
더 큰 희망이
그대의 귓전에 들리는 순간
자신도 모르게 울어버린
눈시울 속에
아름다운 미소로
이제 마감하게 됐네

빈자리일수록

없을수록 조심조심
마음을 비운 뒤
모든 건 어둡고 밝은 것
모두가 지나가고
고요히 침묵 속에
자리 잡고 있네

하나하나 주워 챙기시듯
깊은 보이지 아니하는 마음을
이젠 비우고
자리를 비우셨네

크고도 작은
서로서로 만난 인연으로
신과의 약속처럼
보이지 않고
그 자리에 없더라도
없을수록 하나하나
조심조심 먼 미래를
빈자리일수록
고요히 살아가고 있네

떠나가는 삶의 그림자

다가오는 시간은 우릴 감싸지만
스치는 시간은 절대 우릴
기다려 주질 아니하네
영영 잊어버리고
시간을 아껴 쓰듯
상상을 초월할 수밖에
시간은 황금이네
많은 것을 읽고 또 보아도
기억 속에 깊은 영상으로
하나하나 간직하고
끝없이 상상하고
깊이 새겨진 깊숙이 간직하는 것만이
아는 것은 힘이 되네
모든 건 마음과 뜻대로
이루어지는 건 아니네
노력하고 집요한 생각도
상상으로 그릴 수도
삶은 하나의
풍요로운 계절처럼 담겨 있어
먼 미래를 상상하게 되고
물이 있는 현실을 추종할 뿐이며

물질은 진정 생활이네
나를 진정 아끼는
황금과도 바꿀 수 없는
맑고 깨끗한
아름다운 마음과 영혼이며
모든 건
떠나가는 삶의 그림자였네

빛처럼 다가오는 사랑을 바라보며

빛처럼 다가오는 사랑을 바라보며
산 넘어 먼동이 트는
조용한 아침
차분한 마음으로
밝은 날은 지나가고

바라보는 것마다
무엇을 꿈꿀까
사바세계(娑婆世界)의 미래를
서로서로 위하고 도움 되는

흐리다고 잠시 어두웠을 뿐인데
온누리에 스쳐 지나가는
보이는 생명체는 모두가 아름답다

동녘에 솟아오르는 해
중천에 구름 속 스쳐 지나가는 달빛
구만리 장천에 반짝이는 별들을 바라보면
마음에 기쁨이 머물러 있고
넓고 넓은 세계는 하나이다

조용히 마음을 뒤돌아보면
스스럼없이 다정하게 스며드는
다가오는 모두를 사랑하라
빛처럼 다가오는 사랑을 바라보며

어제와 다른 오늘

숱한 나날을
희미한 수풀 속을 헤매이듯
지난 일은 잊어버리고
오늘 이 순간 잠시
내일을 위한
희미한 아름다운 미래를
하나하나 온화하고
따뜻한 마음으로
마음의 숲속을
헤매이지 말고
밝은 빛을 따라
오늘도 기약하는
아름다운 먼 날을
한 발짝 두 발짝
다가가고 있으리라
어제와 다른 오늘

부족한 부분

스스로 완성을 추구하려는
완벽주의자는
부족한 부분을 채우려고
긴 터널을 넘나들지만
인도하는 자 역시
가르치는 것 자체가
완벽보단 나름대로 진실한
진리를 가르쳐 주어도
너무 지나친
완벽을 그리다 보니
산산이 흩어진
바람에 날리는 갈대처럼
흩어지기 쉽고
우월한 좌절감으로
주변의 흐름에
적응치 못하는 완성을 추구할 뿐
미완성으로 남아 있게만 되네

연민(憐憫)

애달픔
아쉬움
그리움
마음과 마음으로
하루를 지새우는
아쉬움 속에
그려지는 마음
멀리서 바라보고
더욱 가까이서
속삭이는 그림자
이 스스로 추억을 담은
먼 그리움 속에
그대 조용히 쉬어가는
나래를 접고
이토록 먼 공간 속에
바라보는 모습
이는 연민
상상의 나래를
가까이서 바라보라
아쉬운 마음 속에
연민의 정으로부터

조용히 가냘프게
내려앉아 있으리라
그대 마음 속 가까이
한없는 연민이여

아름다운 마음은

모든 걸 버리며
스스로 느끼는 감정을
옳고 바르고 정확하게
모든 걸 구분하며
필요 악(惡)이라 하지만
악(惡)은 버려야 하네

버리지 않고
영원히 간직할 수도
지니고 있지만
저 멀리 무지개처럼
피어오르는
선한 것을 베푸는
마음이 아쉽네

모든 걸 명예(名譽)와
부귀(富貴)도 간직하려고
스스로 깨우치고
노력하지만
영원히 영원히
간직할 수 있겠는가

그대 마음 속에
영원이란 없기 때문에
모든 건 노력할 뿐이네
깊은 마음에
사랑을 느끼며

그대와 함께

어둠이 가린 새벽녘
흐려지는 별빛
이젠 사라지리라

그대와 함께
먼동이 트는
황금빛 이슬이
출렁이는 물결 위
하늘과 지상이 맞닿은 찰나
이젠 시작이다

온누리를 따뜻하고
모두들 느끼는
아름다운 계절의 그림자를
그대와 함께

그려지는
먼 지평선 위 속삭이는
꿈과 희망과 사랑이
그려지리라
영원히 영원히
그대와 함께

제 5 부

다시 빛을 보다

항상 깨어 있으라 그대 꿈속에

그대 꿈속에
먼 먼 구름 속
이따금 불어오는 잔잔한 바람에
해맑은 티 없는
어진 마음으로
크고 높은 지상에서
하늘의 빛을 바라보듯
멀고 먼 꿈을
펼칠 수 있는
큰 뜻을 가슴에 담고
모두에게 지킬 수 있는
영혼의 그림자로
빠뜨리지 아니하는
우러러 바라볼 수 있는
예지의 눈으로
어려운 시련을
판별할 수 있는
꿈같은 밝은 지혜로
깊이 생각하고
분명하게 가늠할 수 있는
밝은 것을 고루 알아야 하고

서로가 주고 받을 수 있는
크나큰 믿음으로
마지막 한 점 부끄럼 없이
먼 날을 바라보듯
신(神)을 섬기듯
믿음이 있어야 하네
항상 깨어있으라
그대 꿈속에

꿈속에 마지막 만남

다가오는
그리움을
뒤돌아보면
어렴풋이 그려지는
철길 앞에

먼 지난날
무의식의 모정(母情) 속에
오른손엔 다정한
사랑을 그리시고
등 뒤엔 무거운 근심을 업으시고

조용한 마음으로
한없이 바라보시는
무어라 말씀 드릴까
아무런 느낌조차
가늠할 수 없는 마음으로

순간은 영원으로
멈추어 서서
기억 속에 희미한

먼 날을 바라보시고
먼먼 추억 속
꿈속에 마지막 만남이었네

*까마득한 모정(母情)을 그리워하며

다시 빛을 보다

먼 영혼이
마음의 숲속
신의 넋에서
이 세상의 빛을 바라보고
내 부모님의
마음의 넋에서
나 모르게 이 세상에
찬란한 빛을 바라보고
흐느낌으로
세상의 또 다른 빛을
나 자신 스스로
마음의 숲속에서
다시 태어나
또 다른 빛을
이 세상에
다시 빛을 바라보게 되었네
넓고 넓은 세상을

그대 바라보는 사랑의 눈빛

나는 이룬다
무엇이든지 이룰 수 있다는
큰 뜻을 가누고 다시 보아도
분명 선한 마음으로
걸어가리라
한 점 흐트러짐 없이
앞을 바라보고
밝은 빛이 넘나드는
어두운 계곡 속도
눈이 부신 밝은 빛을 따라
조용히 지나가고
마지막이라 이르는
조용하고 아늑한
보금자리 같은 깊이
고요히 쉴 수 있는 마음의 영혼도
처음 느낀
변하지 아니한
마음으로 돌아가리라
그대 바라보는
처음 느낀
사랑의 눈빛으로

다정한 마음을 그리며

님의 마음이여
신은 내게 숱한 날을
간간히 쉬어가는
저 먼 초원과 같은 들판에
꿈꾸며 그리워하는

영혼과 현실세계를
두루두루 거쳐 가시는
얕은 곳과 깊은 곳을
면면히 바라보시며

수줍은 마음의 영상을
고스란히 비춰주시는
고맙고 아쉬운 마음 속에
하염없이 흐르는 눈물로

뜬구름처럼 사라져 버리는
비애(悲哀)는 순수한 감정으로
님의 마음을 포근하게
모셔드려 바라보며

잠재워 영영 잊을 수 없는 그리움으로
마음에 영원히 영원히
아름답게 간직하리라

다정한 마음을 그리는
님의 마음이여

잊을 수 없는 그리움

있을 때는 안 떠난다고
잊을 수 없는 말만 남기고
언제나 다정한
그 순간을 즐겁게 그리워하던
그 누가 보내주셨나
그대 모습 그리워

서산에 영롱한 별빛 흐려져
이제는 보일락 말락 보이질 않는
그대 모습 그리며
슬픔의 눈물을 가슴에 담고
못 잊어 그리워 하겠지요

불러도 대답이 없는
애절한 그리움만 남기고
지난밤 꿈속에 사라지는 뒷모습
이젠 영영 오시질 아니하네
눈감으면 잊을 수 있을까
잊을 수 없는 그리움

삶은 외로운 실체

조그마한 마음의
꿈을 가슴에 새기며
잔잔한 바람에도 흐느끼는
호수처럼 시작은 있네
남모르게 숱한 상상을
홀로 외롭게 다독여 보면서
희미한 미로를
외로운 고뇌(苦惱)를 가슴에 담고
찾고 찾아 지나가지만
저 높은 산 능선에
거센 바람 찬 이슬에
모든 걸 이룰 즈음
외로운 선택은
숱한 마음과 영혼을 잠재우며
이제 시작은 외롭고 아름답게
조용히 삶을 마무리 지어지네

길 떠나지 못한 그리움

언젠가는 내 없는 뒤안길에
하늘길이 저물면
잡초 우거진 무정한 바람이 스쳐 지나가
길 떠나지 못하는 그리움이
머물러 지나가지만

잊을 수 없는 그리움은
먼 허공에 구름 같아
잠시 쉬어 밝은 날을
님처럼 바라보고

길 떠나지 못하는 그리움이
아름다운 추억이 된다면
내 그대 꿈속에 지치지 아니한
눈가에 아침 이슬이
애잔한 그리움으로 머물러

그리운 날들이 내 그대 그리우면
애틋한 그리움으로 다시 돌아와
그대 꿈속에 저녁 노을이 저물고

서산에 이름 모를 별이 되어
그대 꿈속에 애틋한 그리움으로 남아
그리움이 아름다운 추억으로
밤마다 그대 꿈속에
밝게 맑게 비춰만 주리라

기쁨은

우린 모두 상상을 초월하고
더 잘할 수 있는
앞날을 바라보고

한 순간을 살아가고
현실에 충실히 하려고
열심히 노력하지만
마음에 스며있는
희로애락비사경공(喜怒哀樂悲思敬恭)
모두를 지니고
살아가고 있네

그러나 자신도 모르게
뜻하지 아니한
슬픔을 맞이하고
이 슬픔을 가까스로
이겨내는 자는
더욱더 기쁨이 값질 것이며
이것은 진정 내 것이네
가이 없는 기쁨이

아름다운 추억

지난날의 아름다운 꿈과
영혼을 그리며
영혼과 꿈이 먼 여정을 통해
이제 떠나고

빛과 구름과 푸르름과
짙은 안개 속을 스쳐
생동감 넘치는
아름다운 추억 속에

영혼과 꿈이 다 함께
사랑으로 영글어
아름다운 추억으로
오래오래 머물러 있겠네

헤어짐은 또 다른 만남의 시작

우리의 만남은
일순간 지나가고
더 나은 내일 기다림 속에
하나 하나 기억해 가는
기다림은 만남의 시작
우리의 헤어짐은
머무르는 순간이 아니라
하나 하나 잊을 수 없는
아름다운 추억을
가슴에 새기는
마지막이 아니고
만남의 시작
우리의 사랑은
마지막이 아니라
슬픔의 눈물을 가슴에 담고
하늘나라 꿈속에
영원히 만날 수 있는
또 다른 만남의 시작이다

남몰래 흐르는 눈물

정다운 날들은
님과 함께
밝은 미소로
꿈속에 님은 떠나가고
그칠 줄 모르는
먼 날을 기다리며
구름 속에 스며
지나가는
바람결에
행여나 오시리라
기다리고
기다려도
보이질 않는
끝없는 마음 속에
맑은 눈가에 이슬이
남몰래 흐르는
눈물이었네

본능은 사라지지 않는다

공중을 나는 새도
두 개의 날개를
스스로 먹이 찾아

창공을 날고
먹이 찾아
높이 높이
멀고 멀게
날고 있지만

때론 쉬어가고
먼 산에 노을이 지면
보금자리를 찾기도 하지만
이 모든 건
사라지지 않는 본능이라네

외로움

깊은 잠속에서
고요히 깨어나
먼 허공
밝은 빛을 바라보네

하루도
하나 하나 익히며
더 나은 내일을 위해
모든 걸 열심히
다독여보네

그대 가슴에 스쳐간
외로운 영혼도 나 스스로
신의 능력으로 어루만지도록
마음을 기울이고 있네

모든 외로움도
일순간 구름같이 사라지고
밝은 빛이
하루도 보람 있는 일들이
하나 둘 지나가고
가슴 속에 머물고 있네

삶과 사랑은 두려운가

초가을 밤
가로등 사이로
고요히 비춰주는

삶이
무덥던 여름은 쉽게
지나가고 있네

우린 아직 이르다
망설이고 주저하는
시간 속에

삶도 사랑도
얼마나 먼 길을
돌아가야 하는지

우리의 영혼 속에서
진리처럼 다가오는
사랑을 느끼게 하네

다가오는

명멸해 가는 반딧불처럼
반짝이는 삶은

무한의 아름다운 미래를
한 순간 이루어 시작하는
끝없는 용기로

오늘 이 순간
삶도 사랑도
두려움 없이 잡아야 하네

눈부신 民族史 認識에의 純粹敍情 詩化作業

— 정의웅 제3시집 《모닥불》의 시세계

홍 윤 기
일본센슈대학 대학원 국문학과 문학박사(시문학)
국제뇌교육종합대학원대학교 국학과 석좌교수(현재)
한국문인협회 고문/ 국제펜클럽 한국본부 고문(현재)

누구나 붓을 들면 詩를 쓸 수 있다. 그러나 중요한 것은 과연 그 詩가 얼마나 가치 있는 작품이냐 하는 과제가 남는다. 따라서 '얼마나 많은 사람이 참다운 詩를 쓸 수 있느냐?' 할 때, 이야기는 더욱 크게 달라진다. 그렇다. 어떤 시인의 詩를 한 사람의 독자가 읽어서 감동받는다면 우선 그 詩는 존립(存立)할 가치를 누릴 것이다. 그 작품을 다른 독자들 역시 공감하면서 "아주 좋다" 고 말해 준다면 더욱 그 詩는 존재(存在) 의미가 값지게 이루어진다고 하겠다. 세 사람, 네 사람, 다섯 사람, 계속하여 그 시를 좋다고 느껴줄 수 있는 시인의 작품이야말로 '참다운 詩' 로서 평가하지 않을 수 없는 것이다.

내가 좋다고 하기 이전에 남들이 좋다고 평가해 줄 수 있는 그런 참다운 詩를 쓸 줄 아는 시인이야말로 그 나라의 대표적인 詩人이 될 수 있다. 그 나라의 대표적인 시인이라고 한다면 그 나라의 언어와 정서가 그 나라 민족의 역사와 더불어 흠뻑 젖어 있어서, 그 詩를 읽는 독자들로 하여금 가슴을 뜨겁게 달궈주는 詩를 보여주어야 한다고 본다.

그런 견지에서 필자는 이번에 정의웅 시인의 제3시집 《모닥불》을 꼼꼼하게 읽어보기로 했다. 그 속에서 우선 한 편 건져올린 작품이 〈윷놀이〉였다. 우리 한민족에게 있어서 새해가 마악 떠오르는 정초에 어른들에게 세배 드리고 뜨끈한 떡국을 맛나게 먹고 나서 행하는 가장 흥겹고도 즐거운 놀이가 윷놀이 아니런가. 윷놀이는 이 지구상의 어느 나라에도 없는 오로지 우리 한민족만의 독특한 정초 민속 문화이다.

정의웅 시인은 그러한 한민족의 유서 깊은 민속놀이를 소재로 삼아서 그 콘텐츠를 진지하게 노래했다. 더구나 시집의 타이틀은 한겨울 엄동설한 속에서 마주하고 훈훈하게 몸을 녹일 수 있는 활활 타오르는 '모닥불' 이다. 그러기에 이번 제3시집은 한민족의 뜨거운 민족 정서 속에 연면하게 녹아 흐르는 소망의 따사로움을 우리 모두에게 안겨주는 것이 아니런가.

우선 바로 그 〈윷놀이〉부터 우리 함께 차분하게 읽어보기로 하자.

잊혀진 구름 속으로 다가오는 미래에
북극성의 홀로 외로운 별 그 빛을 우린 담는다
저마다의 가슴 폭에

그리하여 모두가 하나로 이어지는
빛과 어두움을 다 함께 담아 영원을 기약하는
모두가 커다란 하나가 되는 마음과 마음
그 뜻 전하는 내일에의 광명 줄기 느끼면서

북두칠성 거룩한 우주 원리 조심껏 새기면서
가만 가만 한 걸음 한 걸음씩 나아가세
밝은 날로 다가가라고 작은 우주 속 삼신께서
성령을 성현님은 윷놀이로 가르치고
거기 펼쳐지는 북극성 광명 세상 내려주시는구나

-〈윷놀이〉 전문

그렇다. '윷놀이'는 그냥 단순하고 흥미로운 정초의 민속 놀이가 아니라 옛 문헌을 통해 우리 한민족의 오랜 역사의 발자취가 뚜렷한 민족 문화이다. 그러기에 정의웅 시인은 삼신 상제님으로부터 우리들 모두에게 내려주시는 북극성 광명의 은혜로움이라고 윷문화를 성심(誠心)으로 노래하지 않는가.

"북두칠성 거룩한 우주 원리 조심껏 새기면서/ 가만 가만 한 걸음 한 걸음씩 나아가세/ 밝은 날로 다가가라고 작은 우주 속 삼신께서/ 성령을 성현님은 윷놀이로 가르치고/ 거기 펼쳐지는 북극성 광명 세상 내려주시는구나" 독자 여러분들은 이러한 우리 민족 고유의 윷문화라는 민속적(民俗的)인 정서가 이미 3천 년 전 고대 한민족 부여(夫餘)시대부터 오늘에까지 이어져 왔다는 역사의 발자취를 알고 계시는가. 정의웅 시인께서 자칫하면 망각되기 쉬운 우리의 전통 민속문화의

중대성을 이번 시집에서 다룸으로써 어디다 비유할 데 없이 값지고 의미 깊은 현대시 작품으로 승화시키고 있는 한국 최초의 시인임을 우리 모두 잊어서는 안 될 것 같다.

여기 곁들이자면 이웃나라 중국에서는 한민족 전통의 자랑스러운 윷문화를 마치 자기네들의 전통놀이 문화인 양 중국 정부의 지역 관청인 '헤이룽장성(黑龍江省)'이 앞에 나서서, '조선족 윷놀이'를 자기네들의 이른바 '성급(省級) 무형문화재'로 지정했다고 하지 않는가. 이는 결코 용납될 일이 아닌 줄로 안다. 그들은 걸핏하면 우리 한민족의 문화와 역사며 민속을 자기네 것으로 함부로 둔갑시키는 그러한 큰 잘못을 저지르고 있다.

한편 우리나라에서는 이미 10여 년 전부터 우리 한민족 전통의 자랑스러운 윷문화에 대해 연구를 해 온 것으로 널리 알려지는 국학자가 있다. 임채우 국제뇌교육종합대학원대학교 교수는 우리의 윷문화를 세계 방방곡곡에 바르게 알리기 위해 진력하고 있으며, 그 일환으로써 국제연합전문기구인 '유네스코'(United Nations Educational, Scientific and Cultural Organization)에다 한민족 전통 역사문화로서 등재하기 위해 부단히 활동해 오고 있다는 것도 여기 첨기하여 두련다.

이어서 이번에는 그 다음 작품 〈천부경(天符經)〉을 감상해 보자.

가야산 신선의 부름으로
하늘 멀리 바라보며 드높이 정갈한 심신으로
우리는 곱디고운 두 손 모아 한 치도 부끄러움 없이

생동감 넘치는 영혼의 부름으로 아득히
눈부신 빛결로 이어져 가고 있다네

구겨진 땅을 밟고 길을 헤쳐 열어가며
저어 보이지 아니하는 멀고 먼 나날을
우린 스스로 깨우치며 가슴에 고이고이 담아
하나로부터 열까지, 열로부터 하나에로 잇대어 본다네

그렇다네 온 세상 모든 건 커다란 하나로 되는
밝고 맑게 보이는 끝없는 저 하늘과 땅 사이
지혜로움을 가르치는 성현의 높은 뜻 따라
모두가 바르고 맑고 곱게 영원(永遠)을 살아가네

넓고 넓은 세상의 큰 보자기 스스로 이룹게
더 많은 것을 남에게 베풀며 멀리 머얼리 익히며
더 크게 살아가라고 가슴 속 깊이 영(靈)을 심어주셨네

-〈천부경〉 전문

'천부경' 하면 우리가 먼저 신라의 대학자 최치원 선생이 전자(篆字)로 기록한 옛 비석 '전고비'를 통해 한민족 최고(最古)의 경전이라는 사실을 알게 된다. 쉽게 말하자면 역사상 세계 최초로 1에서부터 9까지의 숫자 문화를 이룬 한민족의 경전이 〈천부경〉이다. 모두 81 글자에 불과한 짧은 경전이지만, 한민족 삼신사상의 3수 원리를 근거로 하는 천지인(天地人) 삼위일체의 정의를 내려주는 우주론의 진수를 압축하여 담고

있는 인간 삶의 위대한 계시록이다.

그런 철리를 시문학으로 승화시키려는 것이 정의웅 시인의 "구겨진 땅을 밟고 길을 헤쳐 열어가며/ 저어 보이지 아니하는 멀고 먼 나날을/ 우린 스스로 깨우치며 가슴에 고이고이 담아/ 하나로부터 열까지, 열로부터 하나에로 잇대어 본다네"라고 작품 속에 충만시키고 있어 우선 필자는 감동을 금치 못한다. 정의웅 시인은 이 작품에서 잇대어 그 결어로써 노래한다. "넓고 넓은 세상의 큰 보자기 스스로 이롭게/ 더 많은 것을 남에게 베풀며 멀리 머얼리 익히며/ 더 크게 살아가라고 가슴 속 깊이 영(靈)을 심어주셨네"라고.

그렇다. 바로 여기에 환인천제로부터 국통 계승의 증표로서 천부(天符)와 인(印)을 전수받은 환웅이 전수받은 국가통치 이념이 다름 아닌 '홍익인간' 이라는 숭고한 정신이며, '재세이화' 를 기반으로 홍익인간을 실천했던 것을 정의웅 시인은 또한 우리 한국 시인 최초로 작품화했으니 이번 정의웅 제3시집 《모닥불》은 우리 모두에게 의미심장한 민족사 인식의 전범(典範)을 제시하는 시집으로서 칭송하련다.

계속해서 한민족 삼국시대에 유난히 돋보인 늠름한 소년무사들을 기린 신라 〈화랑의 넋〉을 감상해 보자.

> 멀리서 불어오는 바람결에
> 말발굽소리가 저벅저벅 세차게
> 밀물 되어 거세게 달려오네
> 저 맑은 하늘 움켜잡아 뒤흔드는
> 높고 높은 기상의 충혼

그대 눈앞에 늠름하게
멈추어선 그 누구도
가로막을 수 없는
깊은 곳에서 솟아오르는
번뜩이는 고귀한 넋을

오로지 내 나라 지키려는
굳건한 불굴의 화랑의 기백이 펼쳐진
단군의 푸르디푸른 하늘 아래
영원토록 길이길이 빛나고 있다네

-〈화랑의 넋〉 전문

정의웅 시인은 "오로지 내 나라 지키려는/ 굳건한 불굴의 화랑의 기백이 펼쳐진/ 단군의 푸르디푸른 하늘 아래/ 영원토록 길이길이 빛나고 있다네"라며 화랑을 가슴 벅차도록 진지하게 찬미한다.

너무도 당당한 화랑의 발자취는 고조선 단군 13세 흘달(屹達) 재위 20년 무술(단기 571, BC 1763)년의 《환단고기》에 그 역사적인 유구한 발자취가 전해지고 있다는 것을 여기 지적하여 두련다. 그 당시 왕은 소도(蘇塗)를 각지에 널리 설치하고 천지화(天指花)를 심었다. 그리고 나라 안의 미혼 소년들에게 독서와 활쏘기를 익히게 하고, 이들을 국자랑(國子郎)이라 칭하였다. 국자랑이 밖에 다닐 때 머리에 천지화를 꽂았기 때문에 당시 사람들이 천지화랑(天指花郎)이라 불렀다. 이들 국자랑을 일컬어 국선(國仙) 또는 선랑(仙郎)이라고도 불렀는데, 국자랑은 바로 신라시대 화랑의 모체이다. 국자랑의 전통은 삼국시대에 고구려의 조의선인(皀衣仙人), 신라의 화랑(花郞), 백제의 무절(武節)로써 각기 널리 계승되었다. 그 뒤로 차츰 쇠잔하였으나 "그 숭고한 정신만은 한민족의 역사의식 속에 깊이 박혀 조선시대 선비의 저항정신, 구한말의 항일 구국운동과 3.1운동 등으로 민족의 위기 때마다 유감없이 표출되었다"고 《환단고기》 완역본 역주자로 저명한 안경전 석학(碩學)은 찬양했다.

여기 하나 덧붙이자면 일본의 무사들도 신라화랑(新羅花郞)을 훈모하였기 때문에 일본의 11세기 무사시대의 전통적인 무가(武家)로 이름난 겐지(源氏) 가문에서 나이 스물이 된 젊은 무사 겐지 요시미쓰(源氏義光)라는 무장은 매우 유명하다. 그는 나이 갓 스물이 되자, 교토 인근 도시인 오쓰시(大津三井寺)에 있는 신라선신당(新羅善神堂)에 몸소 찾아와서 그 사당에 모셔진 신라선신(新羅善神)이라고 하는 신령님 사당 앞에 공손하게 무릎 꿇었다. 그는 이 자리에서 스스로 머리를 깎고 자신의 성씨를 새롭게 만들기를 '신라(新羅)'로 바꾸고 이름은 삼랑(三郞, 사브로. 형제중의 셋째였음), 즉 신라삼랑(新羅三郞)으로 개명하였다. 그와 같은 유서 깊은 고사는 일본 역사에도 유명하다. 그만큼 한민족의 화랑도와 화랑정신은 그 당시 일본에까지 널리 알려질 만큼 눈부셨다는 것을 정의웅 시인의 시문학과 더불어 여기 거듭 밝혀둔다. 지금도 신라삼랑의 묘지(新羅三郞墓)가 오쓰시의 신라선신당 숲속에 오늘에 이르기까지 존재하고 있다. 필자는 지금부터 20여 년 전에 직접 그 현지를 답사 확인한 바 있음도 여기 굳이 밝혀둔다.

해와 달과 별을 헤아리는
하늘의 구름을 넘어
은하수 자욱한 곳에
유유히 흐르던 슬기로움
끝없이 밝고 맑은 흐름 속으로
잇대어 우리는 지나가고 있다네

저 우뚝한 신라인들의 기상
그 푸르디푸른 채 반짝이는
머언 더 머언 저 하늘 끝 구름도 넘어
별빛 속에 가냘프게 들려오는
그것은 영롱한 영혼의 소리로
높고도 높은 우리의 얼을
가슴 가슴마다 그득히 담아서
수수만년 이어갈 빛 부신 큰 별을 담아
마침내 기라성으로 우린 성을 쌓았다네

만인의 얼로 반짝이는 별들 다시금 담아
천년만년을 두고 억겁 멀리 흐르는 첨성의
겨레의 지혜 넘쳐나는 별을 가득 담았네

– 〈첨성대 앞에 서서〉 전문

첨성대는 신라문화 천년을 대표로 하는 한민족의 천문학 역사의 자랑스러운 발자취다. 그 누구보다도 슬기로웠던 선덕여왕(? ~647 재위)이 영지를 모아 한민족사에 우뚝 세운 첨성대는 한민족사에 영원히 자랑 넘칠 금자탑이 아니런가. 그러기에 그 앞에 선 정의웅 시인은 뜻 깊은 역사를 마음 가다듬어 차분하게 노래한다. “저 우뚝한 신라인들의 기상/ 그 푸르디푸른 채 반짝이는/ 머언 더 머언 저 하늘 끝 구름도 넘어/ 별빛 속에 가냘프게 들려오는/ 그것은 영롱한 영혼의 소리로/ 높고도 높은 우리의 얼을/ 가슴 가슴마다 그득히 담아서/ 수수만년 이어갈 빛 부신 큰 별을 담아/ 마침내 기라성으로 우린 성을 쌓았다네”라고.

첨성대는 하늘은 둥글고 땅은 방정하게 네모지다는 천원지방(天圓地方)을 상징하여 세워졌으며, 이 첨성대를 이룬 365개 안팎의 돌은 1년의 일수를 나타내는 천문대 역할을 했다고 보고 있다. 더구나 첨성대 꼭대기의 우물 정(井)자 모양의 돌을 합치면 29단과 30단이 되는데 이것은 한민족의 ‘7회제신력’이라는 유서 깊은 달력으로 음력 한 달의 날수와 일치한다. 또한 첨성대 가운데에 위치하는 창문을 기준으로 상단 12단과 하단 12단으로 나뉘는데 이는 각각 1년 12달, 합치면 24절기에 대응하고 있듯이 천체와 지구 운동의 과학적인 바탕을 잘 보여주고 있다. 그러기에 정의웅 시인은 “만인의 얼로 반짝이는 별들 다시금 담아/ 천년만년을 두고 억겁 멀리 흐르는 첨성의/ 겨레의 지혜 넘쳐나는 별을 가득 담았네” 하고 슬기로운 매듭 노래를 뜻 깊게 이루어내고 있으니, 오늘에 이르기까지 우리가 처음 대하는 민족시 작품으로서, 우리 모두 가슴에 고이 담고 노래해야 할 일이라고 본다.

100년 전까지도 연해주에서

남과 북이 하나였음을 기억하고
푸른 바다 동해 바로 건너편에
한반도가 뻗쳐내려 있어
연해주와 고려인들 겪은 고난의 흔적
땡볕 아래 서기 어린 구름 깔리고
환웅(桓雄)이 강림하신 터전
겨레의 거룩한 신시(神市) 되었네

민족사의 기억조차 희미한
보이지도 느끼지도 못한
먼 창공에서 내려온 환인(桓因)의 아드님
먼 먼 겨레 역사의 눈부신 이야기
우리 조상 단군의 뚜렷한 발자취

아무리 느끼려고 하여도
보이질 않고 찾을 수도 없는가
아니다 아니야 뚜렷한 민족사
만방에 널리 전해 주신
단군왕검 할아버지 이 나라 세우신
청사의 고결한 숨결 머릿속에 와 닿는
하나의 큰 물결로 인류의 큰 뿌리
한민족의 단군개국
역사의 날 경축하세

- 〈단군의 발자취〉 전문

오늘의 국경일 10월 3일 개천절은 우리가 현재 쓰고 있는 달력인 양력을 기준으로 삼고 있으나, 본래는 세계 최초로 달력을 만들었던 한민족의 음력을 바탕으로 음력 '시월 초사흗날' 이 개천절이었다. 그러기에 정의웅 시인은 "아무리 느끼려고 하여도/ 보이질 않고 찾을 수도 없는가/ 아니다 아니야 뚜렷한 민족사/ 만방에 널리 전해 주신/ 단군왕검 할아버지 이 나라 세우신/ 청사의 고결한 숨결 머릿속에 와 닿는/ 하나의 큰 물결로 인류의 큰 뿌리/ 한민족의 단군개국/ 역사의 날 경축하세" 라며 개천절 국경일을 찬양하고 있다. 우리 한민족이 지구 위에서 가장 먼저 달력을 만들었다는 역사의 사실을 독자 여러분도 자랑 삼기 바라련다.

한민족은 일찍이 배달시대부터 세계 최초의 달력인 '7회제신력' (《太白逸史》〈神市本紀〉)을 쓰고 있었던 것을 역사적으로 살펴 볼 수 있다. 특히 역사상으로 주목할 수 있는 것은 달력을 전혀 모르던 미개한 일본 사람들에게도 서기 7세기 초에 처음으로 우리 한민족의 달력 '7회제신력' 을 가지고 백제 관륵(觀勒)스님이 몸소 일본왕실에 건너가서, 당시의 여왕과 신하들에게 직접 가르쳐 주었다고 하는 것이 일본 역사책(《日本書紀》)에 지금껏 고스란히 밝혀져 있다. 즉, 왜나라 "스이코여왕 10년(서기 602년) 11월에, 백제의 무왕(武王, 3년, 서기 602년)은 왜나라 조정으로 관륵(觀勒)스님을 파견했다. 이 때 백제 관륵스님은 달력과 천문(天文) · 지리(地理) · 둔갑(遁甲) · 방술(方術) 서적 등을 가지고 건너가서 스이코여왕에게 전했다" 고 한다. 그 당시까지 달력도 모르는 미개한 일본인들은 이 때부터 비로소 처음으로 달력을 보고 조상신에게 제사 지내게 되고, 24절기 역법에 따라서 농사도 짓게 되었던 것이다.

여기 부기해 두자면, 일본의 현대 천문학자가 백제 관륵스님을 찬양한 현대사적인 발자취도 있다. 지난 1993년에 일본의 저명한 천문학자 후루카와 기이치로(古川麒一郎, 전 東京天文大 교수) 박사는, 그 당시 자신이 하늘 관측으로 발견한 우주의 소행성(小行星)에다 별의 '새 이름'을 지어서 붙이게 되었다. 후루카와 기이치로 교수는 이 때, 평소에 흠모하고 있던 백제 관륵스님의 이름과 신분을 밝힌 별의 이름으로, '백제 승려 관륵'(KANROKU, 觀勒, 간로쿠)이라고 명칭을 따 붙여 국제천문연맹(IAU)에다 등록했다. 그만큼 관륵스님은 왜나라에 한민족 달력과 천문학 등 학문 발전의 바탕을 이루어 주었다는 것을 우리가 널리 인식할 필요가 있다. 또한 그와 같은 발자취는 이번 정의웅 시인의 〈단군의 발자취〉라는 작품과 함께 이 시집을 더욱 빛내주고 있다.

어쩌다
걸어간 논둑길
넘어질세라
고이고이 걸었네

가을은 지나
벼 벤 자리
이삭이 솟구치는
소슬바람 불어오는
늦은 가을

추위를 내려놓고
마주 보면서
모닥불 피워놓고
서로들 불을 쬐이고
앉아있네

꿈속에 할 말도 없고
나도 말없이
조용히 옆에 앉아
모닥불을 쬐이네
이대로라면
시간이 아깝지 아니하네

-〈모닥불〉 전문

얼마나 정겨운 우리네 가을날의 광경이런가. "추위를 내려놓고/ 마주보면서/ 모닥불 피워놓고/ 서로들 불을 쬐이고/ 앉아있네"라고 정의웅 시인이 노래하는 여유만만한 삶의 그 무게. 그러기에 기인 가을날의 눈부신 햇볕 속에 보람 넘쳐, "꿈속에 할 말도 없고/ 나도 말없이/ 조용히 옆에 앉아/ 모닥불을 쬐이네/ 이대로라면/ 시간이 아깝지 아니하"다는 풍성한 수확의 가을날은 우리 독자들 모두에게도 보람을 듬뿍 안겨주는 시정(詩情)이 넘친다. 이와 같은 정의웅 시인의 시세계 속에 푹 빠져들면서 이 사람은 그가 일상적(日常的)인 차원의 소재를 가지고 코스믹(cosmic) 즉, 우주적인 거시적(巨視的) 시점에서 포착한 콘텐츠(내용)로써 삶의 가치를 마냥 너그럽고

멋들어지게 변모시키는 메타모포즈(metamorphose)하고 있는 것을 발견하게 된 것을 거듭 기뻐하련다.

그렇다. 참다운 시는 인간의 삶의 가치를 정서적으로 윤택하게 빛내주는 고도의 정신적 영양제라고 하면 어떨까. 정의웅 시인은 우리 시대에 가장 앞선 참다운 현대시의 깊은 맛을 우리들에게 맘껏 음미시켜 주고 있다. 그는 시작품 속에 파묻혀 있는 자기 하나만의 개성이라고 하는 오리지널리티(originality)를 독창성으로까지 모든 독자에게 객관적으로 고양(高揚)시켜 주고 있다. 그러기에 시인 정의웅은 언어라는 사고(思考)의 용기(容器) 속에 우리들을 포근하게 안주시켜 준다.

마지막으로 정의웅 시인의 〈고삐〉의 시세계로 함께 들어서 본다.

삶은 스스로 모든 걸 움켜잡고
본능적으로 끝없는 미래를
미지의 세계로 한 발짝 두 발짝
바람이 이는 몽골지역에
마상(馬上)에서 진지한 마음으로
쉼 없이 움직이는 시야(視野)를
예의 주시하고 한 치의
오차도 없이 나아가야 하네
고삐를 잠시 잊어버린 찰나에
수천 길 낭떠러지로
굴러 떨어져 멈추어 버리고
스스로 조용히 모든 걸

준비된 영혼(靈魂)의 마음으로
고삐를 놓게 되면
아름다운 순간의 미래를 감지하게 되네

-〈고삐〉 전문

이 시 작품의 표제는 직유법을 동원한 흥미로운 유머 터치의 우의법(寓意法) 처리를 하고 있다. 즉 화자는 "삶은 스스로 모든 걸 움켜잡고/ 본능적으로 끝없는 미래를/ 미지의 세계로 한 발짝 두 발짝/ 바람이 이는 몽골지역에/ 마상(馬上)에서 진지한 마음으로/ 쉼 없이 움직이는 시야(視野)를/ 예의 주시하고 한 치의/ 오차도 없이 나아가야 하네"라고 하는 삶의 과정을 우의적(寓意的) 수법으로 둘러대는 화자의 '기묘(奇妙)한 맛'의 시세계 속에 다시금 우리를 깊숙이 침잠시키고 있는 시인 정의웅. 그의 시작품들을 독자 여러분은 계속하여 곱씹어 보시기 바라련다. 아니 이 사람이 부탁하지 않아도 이미 수많은 그의 독자들은 정의웅 시인의 시가 내뿜는 '기묘한 맛'을 잔뜩 누리고 있을 줄로 안다.

영어의 '맛'이라는 테이스트(taste)는 본래 프랑스어의 테이스터(taster)에서 나온 말이었다. 테이스터의 본래의 뜻은 필링(feeling)이라고 하는 의미와 터치(touch)라는 뜻도 함께 지닌 말이었다. 그런데 여기서의 터치는 '건드린다'가 아니고 '감동시킨다'는 뜻을 간직한 표현이다. 그러기에 현대 문명 세계 속에 살고 있는 우리는 오늘의 시대에 적응할 수 있는 새로운 감동의 시작법을 계속 발굴해내야만 한다. 일반적인 의미의 시는 상식적인 판단을 좇아가야 하겠다. 그러나 오늘의 새로운 시는 직유(simile)보다는 고도의 은유(metaphor)로써 존재감이 성립되는 시대이다.

그러므로 정의웅 시인의 시작법에 좀 더 접근하자면 그의 표현법은 고정관념을 깬 아이러닉(ironic)으로 표현하는 미묘한 상징 수법의 효과를 듬뿍 거두고 있다는 데 주목할 일이다. 따라서 그의 고도한 수법을 담은 아이러니의 세계 속에 침잠(沈潛)하게 되는 것이 우리들 독자라고 하겠다. 영국의 저명한 시평론가 리처드스(Richardes, I. A)의 "아이러닉(ironic)으로 표현하는 의식적인 수법을 모르고는 유능한 시인이 될 수 없다"는 주장은 현대시의 수사학(修辭學) 방법론으로 높이 평가되어 온다. 그런 견지에서도 '기묘한 맛'의 시작법을 잘 보여주고 있는 오늘의 정의웅 시인의 작품 세계는 한국시단에서 크게 주목 받을 만한 가치를 잘 보여준다고 평가하련다.

작품후기

꿈과 영혼도 멀리 멀리 흐르면 때에 따라 계절의 기후변화도 건조한 태양만 밝게 비춰 주시고 밤하늘에 반짝이는 수많은 별처럼 우린 그리워하고 영혼도 꿈도 마음에 가뭄이 든 것을 다 같이 느끼면서 마음에 변치 않는 영원한 단비를 바라고 있습니다.

서로서로 가냘픈 마음이라도 나누어 먼 날을 바라보고 반짝이는 별처럼 아름다운 밤하늘에 고귀한 영혼의 꿈을 신이 주신 영원한 마음의 보물을 독자들과 함께 골고루 펼쳐 드리고 싶었습니다.

아름다운 행성이 밤하늘에 비치는 계절을 바라보듯, 아낌없이 가르침을 베풀어주신 존경하는 스승님 문학박사 홍윤기 교수님(한국현대시문학연구소 소장, 국제뇌교육종합대학원대학교 석좌교수)과 따뜻한 마음으로 격려를 아끼지 않는 금생의 아우님 제갈정웅(경영학박사, 감사나눔연구소 이사장)과 영원한 혈육의 정을 가진 모두에게 사랑과 기쁨을 한아름 보내드리며, 상상의 나래를 펴고 아름다운 영혼을 담아 소중한 인연들께 진심으로 이 글을 올립니다. 감사합니다.

2017. 1. 10.

시인 정의웅 드림

정의웅 제3시집
모닥불
•
지은이 / 정의웅
발행인 / 김영란
발행처 / 한누리미디어
디자인 / 지선숙
•
08303, 서울시 구로구 구로중앙로18길 40, 2층(구로동)
전화 / (02)379-4514, 379-4519
Fax / (02)379-4516
E-mail/hannury2003@hanmail.net
•
신고번호 / 제 25100-2016-000025호
신고연월일 / 2016. 4. 11
등록일 / 1993. 11. 4
•
초판발행일 / 2017년 2월 10일
•

•
값 10,000원
•

•
ISBN 978-89-7969-738-4 03810